BiLLie B. BROWN

SaLLY RiPPiN

B Bruño

BiLLie B. ES GENiAL

Título original: *Billie B Brown,*
The Missing Tooth / The Bully Buster
© 2011 Sally Rippin
Publicado por primera vez por Hardie Grant Egmont, Australia

© 2016 Grupo Editorial Bruño, S. L.
Juan Ignacio Luca de Tena, 15
28027 Madrid
www.brunolibros.es

Dirección Editorial: Isabel Carril
Coordinación Editorial: Begoña Lozano
Traducción: Pablo Álvarez
Edición: María José Guitián
Ilustración: O'Kif
Preimpresión: Peipe
Diseño de cubierta: Miguel A. Parreño (MAPO DISEÑO)
ISBN: 978-84-696-0537-0
D. legal: M-7370-2016
Printed in Spain

BILLIE B. BROWN

EL RATONCITO PÉREZ

Capítulo 1

Billie B. Brown tiene dos coletas enmarañadas, un montón pecas y un diente que se mueve.

¿Sabes lo que significa la B que hay entre su nombre y su apellido?

¡Sí, has acertado! Es la B que hay en

COBARDICA

A Billie le ANGUSTIA tener
el diente medio colgando
y todas las mañanas se lo
retuerce. Pero no sirve
de nada, el diente no se cae.
¡VAYA FASTIDIO!

—Billie, deja de toquetearte el
diente —le dice su madre—.
Ya se caerá. Venga, lávate
los dientes, que vas a llegar
tarde al cole.

La madre de Billie está de mal humor: Tom se ha pasado la noche llorando y ella ha dormido muy poco.

Tom tiene las mejillas muy coloradas y babea mucho. La madre de Billie dice que le están saliendo los dientes.

Cuando Billie está lavándose los suyos con cuidado, la cabeza de su padre asoma por la puerta del baño.

—Yo te puedo sacar ese diente —asegura—. Solo hay que atarlo a un cordel y, después, atar el otro extremo al pomo de una puerta. Luego, ¡zaass!, se cierra la puerta de golpe y el diente sale volando.

—¡Ni se te ocurra! —grita Billie, escupiendo la pasta de dientes en el lavabo—. ¡Eso tiene que DOLER mucho!

¡NI HABLAR!

Billie va andando al colegio
con su padre y con Jack, su
mejor amigo. Por el camino
se toca el diente.

—¿Y si te comes una manzana?
—le propone Jack—. A mí el
mío se me cayó así.

—Uf, no, eso puede DOLER
—dice.

En Ciencias, a la clase de Billie le toca una lección sobre dientes. Así, descubren que los elefantes tienen unos dientes MUUUY largos y puntiagudos que se llaman colmillos; que los cocodrilos tienen setenta dientes; que los tiburones tienen tres filas ¡y que hasta las babosas tienen dientes!

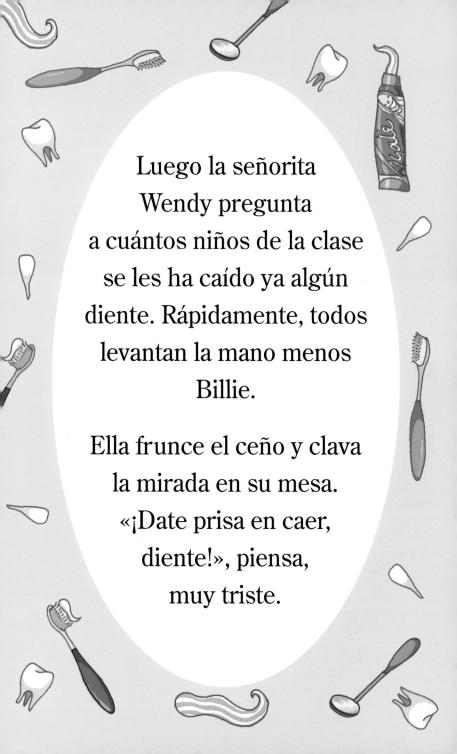

Luego la señorita
Wendy pregunta
a cuántos niños de la clase
se les ha caído ya algún
diente. Rápidamente, todos
levantan la mano menos
Billie.

Ella frunce el ceño y clava
la mirada en su mesa.
«¡Date prisa en caer,
diente!», piensa,
muy triste.

CAPÍTULO 2

En el recreo, Billie y Jack sugieren jugar al pillapilla con sus compañeros. Primero le toca a Jack, así que se pone a perseguir a Billie por el patio. Aunque Billie es muy rápida, Jack la atrapa cerca de la fuente.

—¡Ahora la llevas tú! —grita Jack.

Billie elige perseguir a Mika. También es buena corredora,

pero no tan rápida como ella.
Billie corre, corre y corre y…
¡OH, NO! Tropieza y cae al
suelo. Aunque intenta
amortiguar la caída con los
brazos, Billie se da un golpazo
en la barbilla y pega un
enorme AULLIDO.

¡UAAY!

Tiene las manos, las rodillas
e incluso la barbilla
despellejadas. ¡Le DUELE
todo el cuerpo! ¡Pobre
Billie!

Jack se acerca corriendo.
Mika, Helen y Sarah, también.
Cálidas lágrimas fluyen por las
mejillas de Billie.

Intentando consolarla, Mika
la rodea con un brazo.

—¡La llevaré a la enfermería!
—se ofrece Helen.

—¡No, lo haré yo! —dice
Sarah—. ¡Me toca a mí!

—¡No, voy yo! —exclama
Mika.

—Podéis venir todos —gime Billie—. Necesito que me ayudéis a andar. Me duelen MUCHO las rodillas.

Los amigos de Billie la ayudan a levantarse, pero entonces Jack exclama:

—¡Esperad! ¡Mirad eso!

Entre la tierra hay algo pequeño y blanco. No es mucho mayor que un grano de arroz. ¿Imaginas qué es?

—¡Mi diente! —balbucea Billie.

Mete la lengua en el hueco que ha quedado en la encía. Lo nota blando y siente un sabor como a metal.

Billie conoce ese sabor. Así que pregunta, asustada:

—¿Tengo sangre? ¡Por favor, decidme que no!

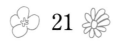

Helen mira dentro de la boca de Billie y contesta:

—Bueno, un poco…

Sarah arruga la cara, como si se hubiera tragado un limón, y Billie empieza a PREOCUPARSE.

—No pasa nada. Casi no hay sangre —la tranquiliza Jack, recogiendo el diminuto diente y dándoselo a su amiga.

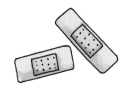

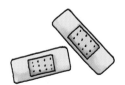 

En ese preciso instante se acerca la señorita Wendy.

—Billie se ha caído —la informa Helen.

—¡Qué mala pata! —exclama la profe—. Tienes las rodillas y las manos hechas polvo. ¡Y la barbilla! Será mejor que vayamos a la enfermería para que te curen.

—¡Espere un momento, seño! ¡Mire! —replica Billie.

A continuación, muy orgullosa, abre la mano y le enseña a la señorita Wendy el diente que se le acaba de caer.

Entonces, con una enorme sonrisa, la profe saca un pañuelo de papel de un bolsillo y le dice:

—Ponlo aquí para que no se te pierda, ¿vale? Envuélvelo bien

y llévatelo a casa para
dejárselo al Ratoncito Pérez.

Billie SONRÍE de oreja a oreja.
¡El Ratoncito Pérez! Aunque se
haya hecho daño, no puede
evitar sentirse emocionaDa.

Capítulo 3

Cuando el padre de Billie la recoge después de clase, ve que su hija tiene tiritas por todas partes.

—¡Ay, Billie! ¿Qué te ha pasado? —le pregunta.

—Me he caído, pero ¡mira! —contesta, abriendo el pañuelo con cuidado para enseñarle el diente a su padre.

Su padre sonríe.

—Qué emocionante —dice—.
No lo pierdas, ¿vale? Creo que
el Ratoncito Pérez nos visitará
esta noche.

Billie suelta un gritito de
aLeGRía, envuelve otra vez
el diente y se lo mete en el
bolsillo del pantalón.

En el camino de vuelta, dentro del coche, Billie no puede evitar llevarse la lengua al hueco donde estaba el diente.

Cuando llegan a casa, va corriendo a enseñárselo a su madre, que está en el sofá, dando de comer a Tom.

—¡Mamá, mamá!
—grita Billie—. ¡Mira,
mira!

Billie chilla tanto que Tom
se asusta y empieza
a llorar. Su madre se enfada,
aunque enseguida
ve las tiritas y exclama:

—¡Ay, mi campeona!
¿Qué te ha pasado?

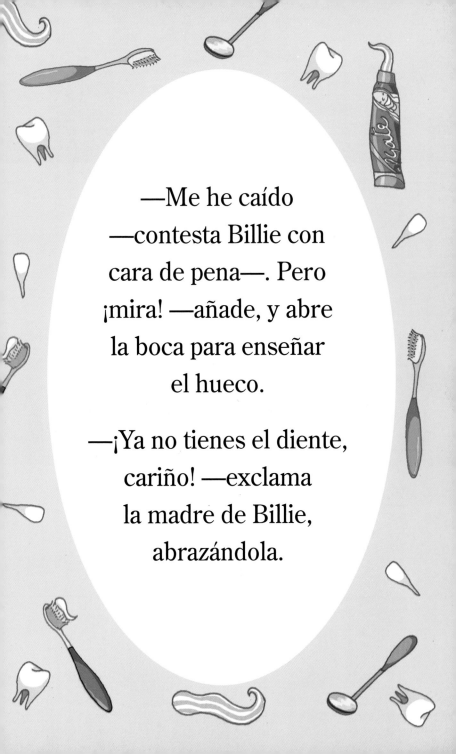

—Me he caído —contesta Billie con cara de pena—. Pero ¡mira! —añade, y abre la boca para enseñar el hueco.

—¡Ya no tienes el diente, cariño! —exclama la madre de Billie, abrazándola.

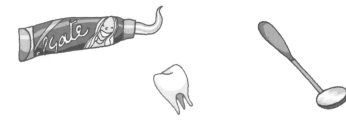

Entonces Tom gimotea y Billie dice, frunciendo el ceño:

—¡UF, últimamente no para de LLORAR!

La madre de Billie se pone de pie y mece a Tom para que se duerma.

—No es culpa suya. Le están saliendo los dientes, Billie, y le duelen las encías.

Pero Billie no quiere hablar de los dientes de su hermano, ¡sino de los suyos!

—Mira esto —dice, y se mete la mano en el bolsillo y saca el pañuelo.

Lo desenvuelve con mucho cuidado, pero ¡entonces descubre que no hay nada dentro! ¡OH, OH!

—Espera —añade, y registra bien el bolsillo. ¡Está vacío! DObLe ¡OH, OH!

—¿Qué ocurre, cariño? —le pregunta su madre, que la ve cada vez más NeRViOSa.

—¡Mamá, no encuentro el diente! —exclama Billie, notando que le tiembla el labio inferior.

—¿Se te habrá caído dentro del coche? —sugiere su madre, así que Billie corre al garaje y se pone a buscar.

Busca por delante, busca por detrás. Se mete por una puerta, se mete por otra, pero nada, el dichoso diente no aparece por ningún lado.

TRIPLE ¡OH, OH!

Entonces Billie, DESESPERADA, se echa a llorar. Le DUELEN las rodillas, las manos y la barbilla. ¡Y para colmo ha perdido su diente!

Billie no hace más que pensar que el Ratoncito Pérez ya no la va a visitar… ¿Tú qué crees? ¿Es posible que a Billie se le ocurra algún plan?

Capítulo 4

Por la noche, mientras el padre de Billie acuesta a Tom en su cuna, su madre la acuesta a ella. Billie todavía está muy triste. TRISTÍSIMA. SUPER-REQUETE-TRISTE.

—Vamos, cariño —le dice su madre, abrazándola—. Puede que el Ratoncito Pérez venga de todos modos.

Pero Billie niega con la cabeza. Todo el mundo sabe que el

Ratoncito Pérez solo viene si pones un diente bajo la almohada.

Sin embargo, de repente
Billie tiene una idea.
¡Una idea de las suyas!
¡Una idea genial!

—¡Ya sé! —dice, frotándose los ojos—. ¿Y si le escribo una carta al Ratoncito Pérez?

—¡Es una gran idea! —exclama su madre—. Se la puedes dejar en lugar del diente.

Billie, emocionada, saca sus rotuladores favoritos (los que tienen brillantina) y le escribe una carta al Ratoncito Pérez. Pone mucha atención, para que no se le cuele ninguna falta. Y para que quede más bonita, incluso hace un dibujo. Un dibujo de sí misma, sin el diente.

¡Billie está SUPERORGULLOSA de cómo le ha quedado!

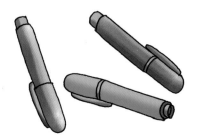

Querido Ratoncito Pérez:

Hoy se me ha caído un diente por primera vez. Tropecé mientras jugaba en el cole, me di en la barbilla y el diente se me cayó. Pero luego, de vuelta a casa, lo perdí (¡de verdad!).

¿Me puedes dejar algún regalo, por favor? Si no, mis amigos no creerán que has venido a visitarme. Gracias,

Billie

PD 1: Si no me crees, mira en mi boca.

PD 2: Voy a intentar dormir con la boca abierta, pero si cuando vengas la he cerrado sin querer, ¿podrías volver un poco más tarde?

PD 3: Porfa, no despiertes a mi hermano, que le están saliendo los dientes.

Billie coloca la carta bajo la almohada con mucho cuidado y luego su madre le da un beso de buenas noches.

Billie no puede dormir porque:

① No deja de imaginarse cómo será el Ratoncito Pérez.

② No sabe si le gustará la carta.

Pero al final acaba quedándose dormida…

A la mañana siguiente, cuando Billie se despierta, se incorpora despacio. Le siguen doliendo las rodillas y las manos y tiene la barbilla inflamada.

Billie se toca el diente que se le movía y entonces, ¡UY!, recuerda que ya no está.

¡El Ratoncito Pérez! ¿Le habrá hecho una visita durante la noche?

Billie levanta la almohada y descubre una moneda de oro superbrillante.

—¡Yupi! —grita, y corre a la cocina.

—¡Chisssssttt! —exclama su padre—. Tu madre está durmiendo. ¿Qué ocurre, Billie?

—¡El Ratoncito Pérez ha leído mi carta y me ha dejado una moneda de chocolate!

—¡Eso es estupendo, cielo!
Mira a tu hermano, Billie.
Parece que el Ratoncito Pérez
ha estado muy ocupado
esta noche…

Entonces el padre
de Billie abre la boca de
Tom con cuidado. Billie se fija
y allí, colgando de la encía
como un pequeño grano de
arroz, distingue un dientecito
blanco.

¡Cómo mola el Ratoncito
Pérez!

BILLIE B. BROWN

EL abusón

Billie B. Brown lleva una mochila enorme, un sándwich de plátano y el ceño fruncido porque está de mal humor.

¿Sabes lo que significa la B que hay entre su nombre y su apellido?

Sí, era un poco difícil, pero lo has adivinado. Es la B que verás en

ABUSÓN

En el cole de Billie hay un abusón. Se llama Bob y es un poco mayor.

Ayer Billie y Jack estaban jugando en el campo de fútbol con el balón nuevo de Billie.

Bob, que pasaba por allí, le pegó una PataDa al balón y lo mandó tan alto, tan alto, que se quedó enganchado en las ramas de un árbol.

—¡Eh, ese es mi balón! —exclamó Billie.

—¿Y? Si te chivas, vas a tener un GRAN PROBLEMA, ¿entiendes? —replicó Bob, apuntándola con un dedo.

Billie se calló y asintió. Nunca había estado tan cerca de Bob. Y le dio miedo.

Bob se alejó dando PISOTONES amenazadores y a Billie se le saltaron las lágrimas.

—Era mi balón nuevo... —murmuró.

—Deberíamos decírselo a la señorita Wendy —propuso Jack.

—¡No! —replicó
Billie—. Ya has oído
a Bob. Si averigua que nos
hemos chivado, tendremos
un GRAN PROBLEMA.

Así que la pelota se quedó
entre las ramas del árbol,
y Billie y Jack volvieron
a clase caminando
MUY TRISTES.

Hoy Billie está preparada.

Ella y Jack han decidido que no van a volver a jugar en el campo de fútbol.

Billie no quiere tropezarse otra vez con Bob por nada del mundo.

La primera clase que tienen
Billie y Jack es la de Plástica.
A Billie le encanta.

Esta semana ella y sus
compañeros han estado
haciendo teteras con arcilla
para el Día de la Madre.
Ya se han secado, así que
ahora toca pintarlas.

La tetera de Jack tiene forma
de robot. Uno de los brazos
es el asa, y el otro, el pitorro.
Es una tetera-robot
perfecta.

Billie ha intentado hacer una tetera-casa, pero no le ha salido como ella esperaba.

Se había imaginado un edificio lleno de ventanas, pero la verdad es que parece un señor con una nariz muy grande.

O, más bien, la cabeza de un elefante, con su trompa y sus orejotas…

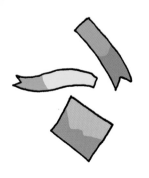

Billie suelta una risita y le
pregunta a Jack:

—¿Le gustaría un poco de té
de elefante, señor?

Jack se echa a REÍR y luego
los dos se ponen a cantar
la canción de la tetera-elefante
hasta que el timbre anuncia
el recreo.

Capítulo 2

La señorita Wendy les dice a sus alumnos que saquen sus teteras del aula de Plástica y las lleven a su clase. Después podrán salir a jugar. Billie y Jack las cogen con mucho cuidado.

Aunque la tetera de Billie tiene un aspecto un poco extraño, ella sabe que a su madre le encantará.

Por el camino, Billie ve a Rebecca en el puente de barras. Entonces decide enseñarle su tetera porque sabe que le hará mucha gracia.

—Voy a ver a Rebeca un segundito —anuncia.

—Pero la señorita Wendy ha dicho… —empieza Jack, PREOCUPADO.

—¡No tardaré nada! —gruñe Billie.

Billie se acerca despacito al
puente de barras, con la tetera
en una plancha de madera.
En ese momento Rebecca
ve a Billie y la saluda con una
mano.

Billie camina más deprisa.
Casi ha llegado hasta Rebecca

cuando…, ¡CRASH!, alguien choca con ella. La tetera se cae, rompiéndose contra el suelo.

Rebecca se queda boquiabierta. Billie también. A continuación, mira hacia arriba y allí, de pie ante ella, está Bob. Tiene las mejillas coloradas y resopla.

Billie siente que el pecho le estalla de CÓLERA. No le importa que Bob sea el abusón del cole. Ha roto su tetera, ¡Y NO HAY DERECHO! ¡GRRR!

—¡Mira lo que has hecho!
—le grita—. ¡Has roto mi
tetera! Y subiste mi balón
de fútbol al árbol de una
patada. ¡Eres la persona más
HORRIBLE que haya existido
jamás! ¡Y NO LE CAES BIEN
A NADIE!

Cuando Billie acaba de chillar,
le da vueltas la cabeza.

Bob se queda con la boca
abierta y luego se marcha
corriendo.

Rebecca se arrodilla y ayuda
a Billie a recoger los trozos
de su tetera.

—Ni siquiera me ha pedido
perdón —dice Billie,
ƎNFaDaDa—. ¡Seguro que
lo ha hecho aposta!

—Deberías decírselo a la
señorita Wendy —sugiere
Rebecca.

Sin embargo,
Billie niega
con la cabeza y dice:

—Eso no haría más que
empeorar las cosas.
Bob es horrible,
pero da mucho miedo.

—¡Más miedo tenía
él cuando le has gritado
de esa manera!
—exclama Rebecca.

Billie se ríe, aunque en el fondo está PREOCUPADA. Seguro que Bob se ha enfadado con ella…

Pensando en cómo reaccionará Bob, Billie camina de vuelta a su clase con los trozos de la tetera en las manos.

Capítulo 3

Cuando la señorita Wendy ve la tetera de Billie le pregunta:

—Vaya, ¿qué ha pasado?

—Se me ha caído —responde Billie en voz baja.

Se siente mal por mentir a la profe, pero no se le ocurre nada mejor.

—No te preocupes. Puedes hacer un dibujo para el día de la madre. Pero ¡tenías que haber

venido directamente a clase
con la tetera, como te dije!

Billie asiente. Si hubiera hecho
caso a la señorita Wendy, no se
habría tropezado con el
horrible Bob.

Durante el recreo, Billie y Jack
juegan en el puente de barras

con Rebecca (después de haber comprobado que Bob no está por allí, claro).

—¿Qué hacía Bob en el puente de barras? No suele venir a este lado del patio… —comenta Billie.

—Espero que no vuelva por aquí —dice Jack, NERVIOSO.

Por si acaso, se quedan sentados en lo más alto del puente hasta que suena el timbre y vuelven corriendo a su aula.

A Billie y sus compañeros les toca clase de Matemáticas.

Billie acaba pronto sus ejercicios para tener tiempo de hacer el dibujo.

Se le ocurre dibujar a su madre de pie bajo un arcoíris y piensa que le está quedando mucho más bonito que la tetera-elefante.

Aun así, sigue molesta porque Bob la haya roto.

Poco después suena el timbre: ¡es hora de comer! Jack recoge sus cosas a toda velocidad, pero Billie aún no ha acabado su dibujo.

—¿Nos vemos luego en el puente de barras? —sugiere Jack.

Billie asiente y se queda en clase un rato más. Hace unos cuantos retoques en el dibujo (un poco de rojo por aquí, un poco de verde por allá) y lo da por terminado.

Billie enrolla el dibujo
y lo mete en su mochila.
Luego se da cuenta de que
se ha manchado la camiseta.
¡Menos mal que tiene un
jersey en la mochila! Lo saca
y se lo pone encima.

Recoge sus cosas, sale al
pasillo y en ese momento oye
unas FUERTES pisadas. Se da
la vuelta y ve que hay alguien
de pie, justo delante de ella.

¡OH, OH! ¿Te imaginas
quién es?

Pues sí, has acertado. Exacto, ¡es Bob!

El corazón de Billie empieza a dar saltos como un conejo asustado. Ay, madre, ¿qué pasará? ¿Tendrá Billie algún plan genial?

Capítulo 4

—¿Qué…, qué…, qué quieres? —tartamudea Billie, intentando parecer valiente.

Ojalá no le hubiera gritado a Bob. Está segura de que se ha metido en un LÍO...

—Oye, enclenque, tengo algo para ti —dice el chico con voz ronca, frunciendo el ceño.

Y acto seguido saca de detrás de la espalda el balón de Billie. Ella se queda muy SORPRENDIDA.

—¿Cómo lo has bajado?

Bob se encoge de hombros.

—Vine ayer a última hora con mi padre. Lo bajamos del árbol con el palo de una escoba —contesta, y SONRÍE de oreja a oreja—. Menos mal que mi padre es alto.

—Ya… —responde Billie.

¿Acaso Bob está siendo amable con ella? ¿El abusón del cole?

¡UY, QUÉ RARO!

—Hum… Gracias —añade con timidez.

—Durante el recreo me acerqué a decirte que lo tenía. Cuando… Cuando choqué contigo y se cayó tu… Por cierto, ¿qué era esa cosa que llevabas?

—Una tetera —responde Billie, molesta otra vez—. Era un regalo para mi madre. Y no me hizo ninguna gracia que se rompiera, ¿sabes?

Bob da un pisotón en el suelo
y replica:

—Sí, lo supongo. Esto…,
bueno, lo que me dijiste ayer
es verdad. No le caigo bien
a nadie.

—¿En serio? —pregunta Billie,
muy sorprendida.

No logra imaginarse cómo debe de ser eso de no tener amigos. Uno se sentirá muy solo, ¿no?

Billie conoce a Jack, su mejor amigo, desde la escuela infantil, viven puerta con puerta y hacen un montón de cosas juntos.

Billie no se imagina sin Jack. Ni sin el resto de sus amigos, la verdad.

Bob se mira los dedos, que están sucios, y admite:

—No se me da bien jugar. Siempre me enfado y lo estropeo todo. Y ahora nadie quiere jugar conmigo.

—¿Y qué pasa por enfadarse? Yo también me enfado de vez en cuando.

Bob sonríe de oreja a oreja.

—¡Ya lo sé, ya!

—Aun así, yo tengo amigos —continúa Billie—. Si lo estropeas todo, lo que tienes que hacer es pedir disculpas.

Bob se calla un
momento y luego pone
una cara rarísima: como
si en las muelas
se le hubiera pegado
un caramelo de esos
que se agarran como
si fueran lapas.

—Ejem, siento lo de
tu balón de fútbol
—dice en voz baja—.
Y lo de tu tetera.

Billie nota que
la rabia se le va
pasando y replica:

—Tranquilo. No era una
tetera muy bonita que
digamos. De hecho, parecía
más un señor con una
narizota enorme.
O un elefante loco.

Bob se ríe a mandíbula
batiente. Al reír
ya no parece
tan horrible.

Pone una manaza en el hombro de Billie y dice:

—Eres buena gente. Pese a ser tan enclenque…

—Tú también eres buena gente —responde Billie con una gran sonrisa—. Pese a ser un abusón.

Bob se ríe de nuevo y Billie se da cuenta de que, al fin y al cabo, no es tan malo.

En ese momento, Billie tiene una idea. Una idea de las suyas. Una idea buenísima. ¡Una idea genial!

¿Qué crees tú que será?

—Oye, ¿te gusta jugar al fútbol?

—Sí, claro.

—Estupendo. ¿Quieres jugar con nosotros?

—¿De verdad? —replica Bob, emocionado.

—Claro. Pero no vuelvas a subir el balón al árbol de una

patada, ¿vale? —dice muy seria—. O vas a tener un GRAN PROBLEMA.

Bob sonríe y contesta:

—Vale. Prometo no volver a hacerlo.

Billie también sonríe. Está impaciente por ver la cara que pondrá Jack cuando la vea salir al patio acompañada del abusón del colegio…

✿ ÍNDICE ✿

¡Si te han gustado
las aventuras
de Billie B. Brown,
no te pierdas los demás
libros de la colección!